청어詩人選 181

세월 속에

박광순 제12시집

도서출판
청어

세월 속에

박광순 제12시집

시인의 말

겨울이 무르익어가니 한파경보가 발해지며 시린 가슴을 더욱 춥게 한다.
그래도 멀지 않아 봄은 오겠지.
흔적 하나 남기는 작업이 녹녹치 않다.
어디까지 왔고 무엇을 하였는가? 표시가 나지 않기에 어둡고 어두운 밤길을 걷는 것처럼 막막하기만 하다.

하나, 둘 내려놓고 버리는 연습이 아닌 실전에 아쉽고 허전해지는 마음을 어찌 하리요.
멋과는 거리가 멀어지며 비루하고 추한 모습을 보이지 않으려는 노력도 필요해 진다.

가슴을 울리는 시 한 줄이라도 건져 낼 수 있다면 참 좋겠다.
행동보다는 말이 앞서니 길어지는 침묵이 습관화 되어 간다.

자리가 잡혀가는 정원
예쁜 의자 하나 놓아야겠다.

2019
청아의 정원에서

차례

1부

세월

겨울아침

커피 향조차도 외로운 겨울
창 너머로 슬그머니 다가온 아침
한참을 서성이던 미련들도 떠나고
조용히 적막에 물들어 가면
지각없는 햇살의 노크소리
차갑게 식은 상념을 덥히고
아이의 미소처럼 번지는 희망은
멀지 않아 찾아 올 봄소식

껍질을 깨고 나온 비뚤어진 심술들
부푼 희망을 잠식하며 몸통을 키우고
화려한 조명 받으며 온 몸으로 발산하는 끼
저마다 주연이라고 앞에 나선다
모두가 승자인 시간이지만
저마다 가슴에 새기는 기쁨은 다르다
소중한 사연이라 어여쁠 수밖에
누가 무어라 해도

겨울에

짧은 겨울 해는 춥다
추운 생각에 더 춥다
바람만 곁을 지키는 살풍경 속에
초록의 살가운 희망은
동토凍土에 잠들어 있다

가을 단풍도 모두지고
뛰는 심장만 열정 넘치니
저녁놀이 붉게 지는 것은
마지막 몸부림도 아니고
슬픔을 주려함도 아니다
다시 솟는 희망의 아침
붉을수록 더 큰 희망을 꿈 꿀 수 있기에

겨울바람

유령처럼 흐느적이는 나목裸木들 사이
게으른 햇살 누워 잠들면
동무하자 보채던 골바람
동동 걸음으로 되돌아서 간다
길 잃은 철새들 구슬픈 울음
하늘가에 은은하게 울려 퍼지면
서운함에 움찔거림도 잠시
후회도 미련도 날려 버리고
또 다른 고민을 찾아 떠나는 여정

차가운 거리를 뒹구는 분신들
시린 몸뚱이 가눌 길 없어
서럽게 목 놓아 울고 있나
내일을 기약하지 못하기에
너나없이 힘겨워 하지
고개 숙이고 침묵을 강요당하는
서글픔이 쌓여 가는 길목
무엇하러 힘들게 달려 왔는가
시린 등에 솟는 소름
고달픈 나그네의 슬픈 눈빛 같구나

겨울이 오면

삭막하고 공허한 겨울이 오면
허허로워 지는 가슴이 섧다
탐스럽게 눈이 내리던 날
눈물 속에 잠기어 서 있었지
서서히 쌓이는 눈송이에
예쁜 눈사람이 되었지
새하얀 눈을 닮았던 소녀
가슴 깊이 각인되니
기억만 남고 흔적 찾을 길 없다

추억만 남기고 가버린 세월
남은 생 멋지게 살아가기를
빌고 비는 기원이 눈물겹다
아닌 척 손사래 쳐 보지만
생각이 많아지는 날이면
외롭다 느껴지는 날이면
새하얀 눈을 닮았던 소녀
더 또렷하게 떠오르니
그리운 마음 어찌할까

12월에

미적거리며 게으름 피는 시간들
차곡차곡 쌓여가는 허무와 고독
'우연은 없다'라고 말을 하지만
왜곡되고 비뚤어지는 자존심
어르고 달래 보아도
한 발짝 앞서 가버리는 심술

라디오에서 울리는 노래 소리
귀를 타고 가슴에 흐르면
지웠던 시간들이 달려오고
잊어진 사연들이 살아나니
푸르던 날들은 추억 속에 묻히고
회색빛 망각 속으로 들어가지

그림자조차 쓸쓸한 밤
쓸쓸함조차도 사치스러운 시간
볼을 스치는 찬바람에게 전하는
가는 해에 대한 소회는
아쉬움과 후회란 미련

눈雪

누구의 포근한 사랑인가
누구의 평안한 행복인가
누구의 못 다한 이야기인가
이 시간을 채우며
깨끗하게 정화되는 욕망들

누구의 서럽도록 시린 그리움인가
누구의 아픔에 겨운 눈물이련가
누구의 말 못할 슬픈 사연들인가
고요한 이 밤을 가르며
소리 없이 쌓여가는 추억들

고드름

한때는 잘 나갔었지
거꾸로 보는 세상이라서
늘 반전에 묘미를 즐겼었지
추울수록 신바람나기에
긴 밤이 짧기만 하였지
홀로 즐기기엔 아까워

굽힐 줄 모르는 성정
때론 밉고 싫기도 하지만
하나쯤은 있어야 하기에
더 꼿꼿하게 의연하게
자리를 지키고 있지
승리의 그날을 그리며

세월 1

꽃잎 위에서 기지개 켜는 봄바람이
부르는 봄에 노래는 따뜻하다
자리 지키기가 힘들고 괴로워도
들려오는 감탄사 한 마디에
짜증과 지루함 떨쳐 버리지
어느새 이리 깊어 졌나
꽃들만 피고 지고 피었다 졌는데

굽어지는 허리를 받치는 정성
습기 지는 눈가에 땅거미 지니
식어가는 눈물겨운 춘정
힘들었던 시간들 지나고 보니
늘어만 가는 계급장 처연하다
아름다운 추억이라 말하지만
가까이서 손짓하는 허무

세월 2

큰 엉겅퀴 꽃씨 날리니
바람결에 실려 퍼지는
철 이른 홍시 떨어지는 소리
기척도 없이 길손 지나가니
외로움이 깊어가는 시간
고추잠자리 한 마리 쉬는
뜰 안 가득 가을 오는 소리

너저분하게 엉킨 거미줄
햇살 넘실거리는 돌계단에
야윈 잡초 하늘거리고
푸르던 날에 환호를 뒤로
시름처럼 깊어가는 한숨
안녕을 준비할 시간되니
마음만 바빠질 뿐

오고 가는 기척도 없더라
호불호도 표현하지 않더라
시작도 끝도 보이지 않더라
잡으려 해도 잡히지 않더라
묻고 또 물어도 대답하지 않더라
무엇을 하여도 표시나지 않더라
누구냐 너는

세월 3

목매도록 갈망하지 않아도
보고파 눈물이 앞을 가려도
일상에서 무심결에 마주하는
닮은 얼굴 하나 없는 표정으로
말없이 거울 앞에 서있다

쓸데없는 생각도 적어지고
만사 귀찮아 지기 시작하면
겨울 황혼이 가까워 진 것
모든 것들이 새롭게 다가서며
저마다 의미를 이야기 하지

흔적조차 없이 흐른 세월
단풍 붉어지듯 청춘은 늙고
호기도 목소리도 작아지고
호기심도 자신감도 떨어지니
잡지 못한 후회만 크지

세월 4

부푼 꿈들의 경연장처럼
수많은 영상들이 등장한다
저마다 주인공이 되어야 했기에
아쉬움은 늘 공허한 메아리
시작은 있으나 끝이 없기에

구름 따라 흘러가 버린 청춘
세월은 늙음을 한탄하지 않지
지나가는 줄도 모른 시간
저마다의 가슴에 새기는
소중한 사연은 늘 맑음

남녀노소 가리지 않고
때와 장소를 가리지 않는
변치 않는 사랑의 마음은
용기 잃지 말고 도전하기를
열렬하게 응원을 하지

송년 1

공허한 가슴을 파고드는 회한
자르고 잘라도 또 자라나네
소리 없이 지나간 시간 따라
늘어만 가는 현기증

한 해를 보내는 것이 아니라
세월의 탑을 쌓는 것이다
한 해가 가는 것이 아니라
또 잊어져 가는 것이다
한 해가 떠나는 것이 아니라
또 다른 해를 만나게 되는 것이다
한 해가 끝나는 것이 아니라
또 한 해가 시작되는 것이다
한 해가 저무는 것이 아니라
새로운 해를 맞이하는 것이다

송년이라 쓰고
살짝 손으로 가리며
안녕이라 읽고
멋쩍게 씩 웃어본다

송년 2

아무런 느낌도 없이 밍밍한가

만약에를 외치며 후회하는가

빠른 세월을 탓하고 있는가

마신 술에 솟는 두통에 시달리는가

하얗게 세어 가는 긴 밤이 싫어도

또 조금 쌓여 갈 뿐인 것을

남는 것은 흔적 하나뿐인가

이 밤이 지나가 버리면

무엇이 남아 반기려나

소나무

굽어지고 휘어지고 울퉁불퉁
뒤틀려 지지리도 못 생겼다
흉보고 구박하지 마라
너는 얼마나 바르게 살아왔느냐

높은 하늘인 줄도 모르고
넓은 땅인 줄도 모른 채
오만의 종착역 앞둠을
아는 자 몇 이려나
솔잎 마다 맺혀있는 사연들
대대로 이어온 가르침을

마주보는 정겨움도 잊은 지 오래
날마다 쌓이는 노여움과 시샘
아침마다 벗겨 내어도 또 다시
벌개 진 얼굴 부끄러워
안개 속에 숨어 버려
짙은 낯 설은 그림자

고구마 꽃

찾는 이 없는 고요한 안식처
긴 잠 털어내는 발자국 소리
숨바꼭질도 아닌데 꼭꼭 숨었다
들켜버린 무안함 대신하는
벙긋 웃음이 어여쁘다

아는 것 하나 없어도
탈 없이 잘 살아 간다네
가르치려고 하지 말아라
무안도 주지 말아라
예쁜 것이 죄가 되느냐

네 잎 클로버의 행운처럼
무엇과도 바꿀 수 없는
가슴을 파고드는 기쁨
보물찾기 시작도 하기 전에
즐거운 웃음 선사하였지

거리의 촛불

유난히도 살풍경한 겨울 초입
주말 거리는 촛불로 뒤덮이고
흥겨운 캐럴송 사라진 성탄절
가슴은 더 차가워만 지고
뭉친 화와 분노만 불길 되어
거리와 연말을 뜨겁게 달군다

믿음이 사라진 텅 빈 거리를
무엇으로 채워야 하나
눈물처럼 흐르는 촛물의 의미를
모르는 사람들에게 전하는 말
거기도 뜨거운 가슴은 있겠지
왜 차가워야 하는지를 반문하며

기대가 크면 실망도 크고
산이 높으면 골도 깊다는데
희망과 기대조차 사라지면
어둠과 절망만 덩그러니 남겠지
봄을 기다리는 간절한 마음같이
그렇게 기원하는 이 말 못할 서글픔이여

무엇으로 아픈 가슴 달래야 하나
무엇으로 타는 가슴을 식혀야 하나
대답도 없는 메아리 들으려
산에 오르듯 거리를 걸어야 하는가
서로의 뜨거운 가슴만 느끼고
가는 시간 안타까워 발 구르는가

선녀탕

달빛 보다 시린 차가움
박속 보다 더 고운 속살
모두를 들어내니
기다림도 즐거움이 되며
천둥소리로 터지는 감탄사
계곡 가득하게 울리는 오후
황홀경은 끝날 줄 모르네

시작된 긴 침묵의 시간이
물위에 뜬 낙엽들의 여행
물보라 속에 숨은 이별의 아쉬움
숨 가쁘게 불러도 대답 없고
골바람만 가슴에 안기니
소리 없는 아우성으로 서는 욕망
살포시 내려앉는 먼 그리움

산에 들어 산이 되고
바위가 되고 나무가 된다
폭발 직전의 뭉쳐진 욕망들
별인 칼날처럼 섬뜩하게 빛나니
등이 서늘해 낮잠에 빠져들지 못하고
몸을 좌우로 흔들어도 가시지 않아
점점 무거워 지는 발걸음

대원사大院寺

벚꽃 잎 휘날리는 골짜기
번뇌와 탐심도 날려 버리고
내딛는 걸음걸음마다 새기는
세상의 빛이 되고픈 서원
나무 가지 사이로 빛나고
한가로운 흰 구름 멈춘 곳
내려놓은 욕심만 꿈틀

개심사開心寺

열리지 않은 마음으로
볼 수 있는 것이 없지만
눈에 그득한 왕 벚꽃
봄이 깊어가는 산사
녹차 향 밴 목탁소리만
산자락을 휘돌고
정겹게 화답하는 메아리

2부

어느 가을날

가을, 탄금대

오색의 현란한 흥겨운 축제
눈부심에 설핏 고개 돌리니
가슴을 파고드는 애절한 탄주소리
절절하게 사위를 잠식하니
잊어진 얼들이 잠깨어 일어난다

파노라마 같은 단풍의 긴 흐름
빛 살 속으로 사라지고
요요하게 흐르는 강물 따라
덧칠된 시간의 반란 날 세워도
누리에 가득한 소리 없는 아우성

박동소리에 맞추어 춤을 추니
청풍도 따라서 춤을 춘다
흥에 겨워서가 아닐지라도
비오는 날이 아닐지라도
눈물 훔치며 슬픔일랑 날려야지

낙엽에게

티끌 같은 미련도
샘물 같은 그리움도
하고픈 한 마디 말도
모두 가슴에 묻고 떠나라
눈 질끈 감고 훌훌 떠나라
가는 발걸음 무겁더라도

아름다웠던 날들만 기억하자
즐거웠던 일들만 새기거라
모두를 위한 날들이었기에
모두를 위해 내려 놓아야한다
때를 안다는 것이 행복이다
버릴 줄 안다는 것이 행복이다

누군가의 선물이 되지 못하고
누군가의 사랑이 되지 못하고
누군가의 추억이 되지 못하더라도
머물지 못하는 아픔을 감추는
매이지 않는 자유의 미학을
노래하자 이 계절을 위하여

가을의 기원

읽어 줄 이 없더라도
한 장의 시린 편지를 쓰고
기다리고 반겨 줄 사람 없어도
여행 떠날 수 있게 하소서
기러기 떼 나르는 밤하늘에
북극성 같은 이정표 되고
차가운 가슴 보듬어 주는
따뜻한 햇살이 되게 하소서

바람 지나는 허전한 가슴
몽롱한 눈동자 뒤편에 숨은
지워지지 않는 그리움도
모두 잠재우는 망각의 그림자
우뚝 서는 날들이 길어지면
깊은 시름과 미련들을
낙엽에 실어 보내야 하지
가을은 잊어지는 계절이라서

길어진 꿈들이 뒹구는 거리도
짙은 국화 향에 포로가 된 공원도
나락 사라진 허허로운 빈 벌판도
서걱대는 갈대들의 합창도
모두가 바빠진 걸음이 멈추는 곳에
시작은 벌써 지난 이야기 되니
기원은 한 조각 희망이련가
꺼지지 않고 타오르는 불꽃처럼

가을에는

어떤 색으로 물드시나요, 당신의 가슴은

남은 열정으로 빨갛게
버리지 못한 질투로 노랗게
그냥 그대로 푸르게
싫다 싫어를 외치며 갈색으로
지루함에 질려 회색으로

남은 미련이 그림자처럼
낙엽 위에 그리는 그림들은
순간순간 모습이 바뀌어 가도
원초의 모습은 남아 있음을
다시 확인하고 확인하며
즐겁고 행복했던 시절 그리지

서늘한 가슴으로 지새는 밤은
뜻 모를 그리움과 외로움이 깊고
골목길도 낯설어지는 오후
창가를 서성이는 풀벌레의 울음
떠나는 자와 남은 자들의 애달픔에
슬픈 비가悲歌가 낯설지 않다
기쁨과 슬픔의 이을 수 없는 간극만큼

가을은

먼 산 저 멀리서 달려오는
사랑스런 오색 빛 그대는
깨어나지 못하는 꿈같지만
메마른 입술에 향기를 남기며
가야할 길을 재촉하기에
먹먹해 지는 닫힌 가슴

늘어난 몸무게 투덜거리며
가빠진 숨소리 힘겹고
전신을 찌르는 따가운 눈빛
귀에 속삭이는 달콤한 말들
아직도 쟁쟁하게 울리지만
흘린 땀방울은 눈물겹다

길게 머물지 못하지만
추억이 되기도 하고
미련이 되기도 하며
사랑이 되기도 하고
아픔이 되기도 하지
손가락 맹세하지 않아도

가을비 1

가슴에 파고드는 떨림은
아직은 확인 못한 미몽인가
숨고르기도 허락되지 않고
몰아치는 급박한 그 마음을
알만한 세월이 흘렀지만
늘 나그네로 살아간다네

살아가야 하는 이유 하나 하나
모두가 다르고 특별하지만
산에 드는 이유는 비슷하다
꽃 피면 꽃길이 나듯이
산에 든다고 야생이 될 수 없건만
산마다 늘어만 가는 자연인

먼지 폴싹이며 내리는 빗방울
낙엽과 풀잎으로 연주하니
환희는 잠시 숨을 죽이고
때 늦은 목마름이 깊어져도
노을을 그리며 고개 숙인다
가을에 비가 내리는 날이면

가을비 2

즉석 연주회가 시작된
뒷동산 가장자리
불청객 되어 듣고 있다
숨겨 두었던 흥 발산하며
뜨거운 열정으로 펼치니
무슨 여한이 남을까
발길을 떼지 못하게 하네

시린 가슴을 오가는
슬픈 연락선이 뜬다
낯선 이름들이 떠돌고
오색의 옷자락을 펄럭이며
누운 등을 감싸는 차가운 손길
환청 같은 기적소리 들려오면
멈춘 발길에 숨은 사랑

가을비가 내리면
가을비가 내리면

가을 꿈 1

– 메뚜기

바람만 휭 하니 부는 벌판
힘겨운 허수아비 눈물 비추니
날개는 제물로 바치고
나신으로 버티는 무서리의 아침
서러운 외로움만이 서있다

잠들지 못하는 추억 안고
별과 함께 하는 긴 긴 밤
꿈속에서 만난 여인
숨소리 속에 숨어 버렸다
갈 길 멀어도 잊고

짧은 이별의 시간일지라도
잊지 말아라 지난날들을
네 꿈이 잠들 때까지
황금빛 벌판에서 하늘 끝까지
쉬지 말고 훨훨 날아올라라

모두 불태우고 가거라
흔적일랑 남기지 말고
미련일랑 남기지 말고
아픔일랑 남기지 말고
설음일랑 남기지 말고

가을 꿈 2

하늘이 내려 앉아 있는 벌판
두 손 모아 비는 날들이 많아지면
기러기 떼 나르는 창공은 높고
풍성함을 자랑하는 가을안개
어머니의 가슴에 찾아든 가을

국화 향과 달빛에 취하여
불면의 밤을 보내고
오색의 향연에 빠졌다
다시 맞이한 아침
꾸지 못한 꿈이 서러워 웁니다

꽃이 춥다고 하소연하는 자리
누구의 이야긴가 멀뚱거리고
흰 구름 쫓는 눈가에 눈물 맺혀
손끝 떨림이 온 몸으로 전해지면
동구 밖에 서성이는 꿈 하나

가을단상

사랑 속에 지워진 눈물은
국화 향에 지는 가을 햇살 아래
왔으면 가지 말기를 비는 소망
낙엽에 띄어 보내는 아픔 되니
커피 향에 취하는 아침이면
야윈 가슴 되어 운다

안개 속을 더듬듯 걸어 나와
거친 숨 진정시키며
생경스런 빛바랜 풍경들에
가슴만 홀로 쿵쾅거리고
잃은 시간을 건져내며
붉어진 얼굴을 가릴 뿐

홀로 앉아 있는 가을밤
잃고 얻은 것이 무엇일까
멍한 머릿속이 하얗게 물드니
뒤뜰 나무들 옷 벗는 소리
곧 겨울손님이 찾아오겠지

어느 가을날

하늘이 달리는 벌판에
바람만 소리 없이 지나고
공허함을 달래는 재롱인가
풍성한 가을 안개의 변신
모두의 가슴에 가을이 왔다

등 굽은 그림자 길어지는 골목길
기러기 떼는 그림자 되어 흐르고
웃음 속에 숨겨 놓은 비수
시퍼렇게 빛 발 할 때면
매의 눈이 되어 흩는 오후 햇살

오색의 고운 님 되는 날은
꿈조차 서러워 울고
꽃들도 못 생기어 우는데
떨려오는 몸에 울림 커져도
마음은 천 리 밖 헤매고 있다

오월의 그리움

화산처럼 터져 나와
갈망의 파편 되어
파란 하늘을 수놓는
오월의 그리움이여

안타까운 기다림이 잠든 산자락
달빛 따라 흐르는 농밀한 향기
세월의 골짜기 깊고 넓어도
변함없는 모습으로 서있다

못 잊어 그리움에 보고파서
물결처럼 흐르는 빗방울
작아지는 욕망의 발길
숨겨 놓은 이별이 도진다

꿀 같은 달콤한 날들
라일락 향기와 휘도는데
늘 안녕하길 빌며
호롱불에 잠드는 소망

사월과 오월

빗물 받아 놓은 큰 함지박
송홧가루 물이 넘실되니
추억이 아른거리며 살아난다
견디기 어려운 배고픔에
눈에 아롱거리는 먹거리들
맛을 음미할 여유조차 허락지 않던
절박했던 보릿고개 그 시절

검정 고무신 끌며 오른 뒷동산
뻐꾸기 울음 따라
뿌연 이야기들이 흐르면
개성 넘치는 사연들의 정겨움
세월 속에 녹아든 추억들
눈가를 빠르게 스쳐가네

가는 기척 없이 봄은 가도
기억의 책갈피 속에 머무는
그립고 아련한 이야기들
눈 동그랗게 뜨며 일어서는
아름다웠던 사월과 오월아

오월이 오면

사랑하는 이들과 정든 이들이
먼지처럼 스러진 자리에
피멍든 가슴과 가슴들이 모여
피맺힌 외침을 토 합니다
세월이 가도 풀어지지 않는
모질고 깊은 슬픔과 한
이제 자유롭게 놓아 주렵니다
훨훨 저 높이 날려 보내렵니다
뻥 뚫린 가슴 찬바람 지나도
따뜻한 마음은 남아 있기를
그림자가 아닌 존재가 되어
천년 고목처럼 자리 잡고
모두의 가슴에 새겨지기를

슬픔의 눈물처럼 내리는 비도
미로처럼 덮는 짙은 안개도
밝은 태양처럼 빛나는 조연
내일 또 내일도 빛나리니
푸른 오월의 향기가 되어
늘 가슴에 살아 숨 쉬며
세월을 비켜 보내기를

봄비 1

하염없이 내리는 봄비
옛 추억을 하나 둘 깨우니
숨겨 놓았던 아픔이 고개를 들고
물결처럼 흐르는 욕망을 싣고
하늘가를 하늘거리며 맴돌고
투명한 막 속으로 몰래 숨어든
천년의 그리움이 날개 짓하니
아쉬움의 그림자 짙다

추적추적 내리는 봄비 따라
바람결에 전해 오는 소식
가슴을 마냥 들끓게 하고
청춘들이 잠들어 있는 벌판
푸른 싹 틔우는 시간
이슬처럼 흘린 눈물 같아
코훌쩍이며 내딛는 걸음
안개의 춤사위에 묻힌다

봄비 2

새벽잠을 깨우는 봄비
꿈조차 풍성하게 만드니
새싹들이여 잠에서 깨어나라
자명종을 울리며 재촉하네

늘 그리던 세상
어떠할까 궁금증에 몸살 나던
그 날이 이렇게 왔구나
푸름을 한껏 자랑해도 좋은

하루를 내려도 좋다
이틀을 내려도 좋다

봄이 오는 길목에서

동상凍傷에 걸린 것도 아닌데
발바닥이 간질거리고
앞서 가는 미련이 깊어
늘 서럽고 외롭다
한 치 앞도 보지 못하여
안타깝게 동동 거린다

비라도 내리면 좋으련만
향기에 소름 돋는 피부가
절여 오는 때마다
먼 산만 바라보고
늘 설렘을 주는 기다림
미몽처럼 어지럼증을 준다

발자국 소리라도 들으려
귀대고 듣는 날들 많아지니
지루함에 하품 늘어나고
연발하는 헛웃음 깊어지면
어디쯤 달려오고 있나
늘 푸른 하늘 아래

내 가슴에 봄은

언제 눈앞에 나타날까
초조와 설렘이 밀고 당기는 내내
떠나지 못하는 기우杞憂는 가시
아직은 어둠의 속박이 강하지만
멀리서 힘겹게 걸어오고 있지

외로움이 깊어지는 날은
사랑하는 이의 익숙한 향기를
잊지 못하여 괴로워했지
긴긴밤 눈물 깊을수록
화려한 꽃 피울 날 그리지

차가운 가슴 때리는 바람도
깊어가는 겨울 속에 잠들고
새벽 문 여는 종소리 울려 퍼지면
어느새 자리 잡고 장난을 치니
간지럼에 어쩔 줄 몰라 하지

봄날에

살며시 눈 감고 느껴보자
얼마나 깊어졌는가 봄이
꽃향기 멀어져 있더라도
곁에 맴도는 향기를 잡고
더 깊은 사랑을 하자

풀피리 소리 울려 퍼지는 벌판에
산들바람도 흥겨워 춤추니
꿈꾸던 날들의 푸른 희망들이
펼치는 무대는 신선하구나
참았던 울분 남김없이 풀어내니

가슴 풀어 헤치고 너털웃음 웃어보자
목이 터져라 힘차게 노래 불러보자
온 힘을 다하여 쓰러질 때까지
다시 오지 않는 기회이려니
가는 봄날 아쉬워하지 말고

3부

골목길

친구

세월의 주름 속에 묻히어도
새싹처럼 비집고 나오는
예약되지 아니한 그리움
모두를 감싸 안는 믿음만
오롯이 남아 빛나는
친구란 이름 하나

가슴 시린 사연도
가슴 조인 사연도
지나고 나면 아련한 추억
후회는 미련에서 시작되고
그 테두리에서 벗어나지 못하지
세월이 흘러도 또렷하게

잠시 지난날을 떠올려 본다
새록새록 푸르던 나이에
그림자를 지워가는 빈자리
하나, 둘 늘어만 가는데
가슴 채우는 이야기들은 더 깊어져
불현듯 흐르는 눈물조차 잊게 한다

오수午睡

타는 농심農心 외면한 햇살
가슴까지 메마르는 나날
소박한 소망조차도 조심스럽고
작아져 가는 모습 싫지만
가는 세월로 걸어갈 뿐

천만근의 눈까풀을 들어 올리는
길 잃은 파리 한 마리의 비행
망중한인지 아닌지 모호한
지루한 일상을 깨는 순간
호접지몽의 주인공이 된다

안식이 사치가 되어 짐스럽지만
짧은 휴식은 달콤하기에
모두를 내려놓는 시간
침묵은 빛이 바래지고
상상의 나래만 자유롭다

생일

슬픔일까 기쁨일까
세월 따라 다른 빛깔이 되네
사계절만 있는 것이 아니다
나이테처럼 표식이 되고
자에 새겨진 눈금과 같구나

나이에 맞춘 촛불의 의미도
축하의 노래와 박수에도
물결이 만든 자국처럼
문신 같이 온 몸에 새겨지며
웃음소리에 스미어 버린다

길게 느끼건 짧게 느끼건
누구에게나 같은 시간인 걸
따져보고 재보고 뒤집어 봐도
늘 변함없는 걸 알면서도
앙탈 한 번 해 본다

기억 너머

사랑이 잊어지는 애달픈 시간
바람에 날리는 투명한 약속
길 떠난 사람 그리고 그리며
사라진 흔적 찾아 오가네

온 몸이 아파도 티 없는 웃음 짓고
아무리 바쁘고 고달파도
쉼은 잊지 말아야 한다
걸어가야 할 길 멀기에

잠시 머무는 휴식처라도
남는 흔적일랑 지우지 말자
먼 훗날에 우리는
눈시울 붉히며 그리워하기에

독도獨島

바람에 묻고 가슴에 새긴
피 멍든 과거를 잊지 못하기에
먼 하늘과 바닷가를
지나칠 수 없는 회한들이
삼백 예순 날 거르지 않고
휘돌며 굽이치고 있다

늘 시작만 있는 나날들이
오늘만은 특별하구나
그리움의 노래이건
바다여신의 휘파람 소리건
귀 밝히고 눈 밝히는 것을
밤새우고 새벽 붉음에 물드니
희망은 늘 함께 한다

홀로라고 슬퍼하지 마라
외로움도 사랑을 키우는 거름
홀로이되 홀로가 아니다
눈 시퍼렇게 뜨고 바라보는
겨레의 눈동자가 있다
그 누가 무어라 해도
우리의 가슴이다 뿌리이다

정이 머무는 자리

이슬이 영롱하게 빛나는 시간
잠에서 깨어난 영혼들
미진했던 잔정의 여운에
찜찜함을 떨치지 못하고
지우지 못한 영상들이 겹쳐
조바심을 부채질하지

언제나 꼬리표처럼 달고 다니는
미련과 아쉬움 크기에 따라
흐렸다 맑았다 반복하는
어지러운 심사를 대변 하듯
낯선 행동에 움찔해도
쏟은 정성은 배반하지 않지

빗살처럼 빠르지만 보이고
거북처럼 느리지만 보이지 않아
알 수 없어 답답하고 궁금한
그 속내를 어찌할까 마는
멀수록 느껴지는 따뜻함이
늘 함께 머물기에 좋지

가뭄

목마름 보다는 눈에 측은함이
걸음도 비척이게 만들고
무심한 햇살만 미워할 수밖에
하루가 고무줄처럼 늘어나니
언제 반가운 소식 오려나
태산 같은 수심만 깊다

정복 한다니 재배치한다며
버리지 못한 오만과 망상
탓과 전가에 바쁘기만 하고
타들어 가는 가슴만 슬퍼
어지럼증마저 도지는 이 시간
정신 차릴 날 오려나

폴폴 먼지만 날리는 대지
갈라진 저수지의 바닥
천하지대본도 거북등 된지 오래
꿈속마저 뒤숭숭한 나날
안식을 간절하게 기원하지만
국제화된 환경은 녹녹치가 않다

여름날에

신종 삼종세트*에
30℃를 넘나드는 무더위
노약자에 대한 소리 없는 고문
몸에 밴 습관은 무섭다
몸은 고달파도 마음은 평온
자식 같은 작물이 눈에 선하니

어깨동무하고 맞잡은 손
어색하여 얼굴 붉어지지만
지나는 포식자의 날개 짓이
잠시 고요를 흔들 뿐
굳건한 믿음과 신뢰
흐르는 행복을 막지 못 한다

끈적이는 육신 불쾌하고
따끔거리는 눈이 신경 거슬려도
열대의 도로를 달린다
장날로 교통체증은 더해만 가니
짜증으로 치솟는 불쾌지수
한계점 오락가락 해도

* 삼종세트 : 황사, 미세먼지, 오존

바람이 분다

보이지 않는 장벽을 넘어
찾아오는 변함없는 계절이지만
세월의 흔적은 어쩔 수 없다
회색빛 가슴 연분홍 눈가에도
쉼 없이 부는 바람

기름과 물 같이 겉돌며
끊임없이 반복되는 지루한 공방
한숨과 허무 깊어져도
너와 나의 가슴에
소리 없이 바람이 분다

어디서 왔다 어디로 가는가
복잡한 머릿속은 정리되지 않고
불면의 밤은 길기만 하지
물음표만 늘어놓아도
멈추지 않고 부는 바람

골목길

홀로 서성이던 그 골목길
밤이 되어도 변함이 없지만
휘청거리는 그림자 춤사위
늘어지는 꼬인 목소리 얽히면
부나비 된 마음들이
분주하게 헤매는 그 골목길

어둠은 더욱 짙은 어둠을 그리고
밝음은 더욱 밝은 햇살을 그린다
서로의 가슴 그리고 가슴마다
아름답게 그려가는 그림
언제인가는 벗어날 수 있단 희망
그래 웃을 수 있는 이유가 된다

우화되지 못한 채 살아도
꿈이 살아지지 않는 그 날까지
골목길도 살아 있기를
남모르게 빌어보는 작은 소망
가로등 아래 잠들어 간다

망각은

사라진 흔적 찾아 헤매는
더듬이가 되는 오늘 그리고 내일
잊어지지 않기 위해서이다
받아들이건 몸부림치건
약속은 바람에 날려 진다

까맣게 잊어버린다는 것이
더 큰 행복일수도 있고
더 큰 불행일수도 있다
작은 꿈조차 잊어지기에
무엇도 기약할 수 없지만

나를 잊는다는 슬픔
모두를 잊는다는 괴로움
슬픔과 괴로움마저 잊는다면
무엇이 남아 눈 반짝일까
흑백의 조화일까 아니면

라디오

고요함을 즐기던 시절에는
깊은 밤을 좋아했지
세월 흘러 고요함이 싫어지니
종일 들어도 싫증이 없다
뉴스보다 노래가 좋고
노래도 흘러간 가요가 좋다
머리에 각인되지 못하고
가슴만 때리고 가버리지만

TV나 PC보다 좋아지고
몰입하는 시간도 길어진다
지난 세월만큼 급변한 세상
편리함을 추구하나 적응이 어렵고
복잡한 기능에 두 손 들고 만다
단순할수록 정감이 간다
손때에 절어 골동품 되어도
버리지 못하고 바꾸지 못하지

고향친구 같은 라디오
어머니 가슴 같은 라디오

옹이 같은 사랑

그리움이 뭉쳐 옹이 된 가슴
비가 내려도 풀리지 않고
바람 불어도 날아가지 않지
옹이 같은 사랑은 사랑이 아니었음을
고통의 세월이 흐른 뒤 알게 되었지
여울지는 가슴은 눈물겨웠지

추억이 파랗게 빛나는 순간
빨갛던 열정은 휘백색으로 빛나
아무것도 남기지 않고 태우지
사리처럼 남겨지는 사랑의 옹이
그 무엇과도 바꿀 수 없이 소중하고
그 무엇과도 비교할 수 없지

숭고하고 지순한 사랑은
긴 세월이 흐르고 흘러도
거르고 걸러도 걸러지지 않고
뜨거운 가슴 아파야 하고
몇 날인가 불면의 밤을 보내야 하지
환청과 환각 속에 헤매야 하지

너

무심코 던진 한 마디에
십년 다짐 허사되니
눈물겹던 세월이 더욱 서럽다
어쩌다 어찌하여
방관자가 되어 버렸나
주객전도가 빈번하다 해도
삭힌 감정들 보다야 적겠지
잠시 서서 뒤돌아보면
눈물에 적시어진 발자국
땀에 전 모습뿐
아득한 내일을 차마 그리지 못해
전전긍긍 어쩔 줄 몰라 하지

찬란하고 거창했던 꿈
거품처럼 사라지던 날
거칠어진 살갗을 스치는 빗줄기
말 못하는 누구의 눈물이련가
희미해지는 기억 잡으려 해도
파고 높아 끊어지고 말지
잘못 없어도 휩싸이면 끝

에-휴

원수도 친구도 아닌 술
왜 그리 정답게 혹은 화풀이
만취해 블랙아웃 되면
천국일까 지옥이 될까

쓰린 위장보다 속 쓰린 속사정
골 때리는 숙취의 후유증
혹여
큰소리 뻥뻥치며 애먼 약속은
혼자 알고 있어야 할 비밀이야기는
비꼼에 욱하는 주사酒邪는
했던 이야기 반복하여
짜증을 유발시키지는
등에 소름 돋는다

얼마나 많이 다짐했던가
냄새도 피하자던 다짐
유혹의 손길 떨치지 못해
어쩜 좋을까 에-휴

* 블랙아웃(blackout) : 과음으로 인한 기억상실현상. 대규모 정전사태

습관

계절의 바뀜에도 무심하고
늘 표정 없는 돌부처로 일관하지
어려움과 지루하기도 하련만
버티고 견딘 기쁨에
하루도 떼어 놓지 못하지
붙잡고 버리지 못하지

부적처럼 숨겨져 있어도
친한 이웃의 모습이어도
환한 미소를 지을 때도
찡그리고 화난 모습일 때도
오만상으로 완강하게 거부할 때도
가슴으로 삭히며 굳건히 버티지

눈가에 스치는 구름도 머금고
바람결에 온 몸 던지기도 하며
변화에 대한 욕망 강할수록
하나, 둘 사라지는 이상들
하나, 둘 사라지는 환상들
멀고도 힘들기만 한 단절

꽃비

꽃비 내리지 않아도

온갖 꽃향기 넘치고

살포시 바라보는 것만으로도

행복이 차고 넘치는 시간

순간순간이 천국 아니겠는가

희망이 빛나는 날들

꽃비 내리지 않아도

조류독감AI

올해는 잘 넘어 가려나
간절한 소망 뜬구름 되니
그 누구를 원망할까
떨리는 손으로 붙잡고
후들거리는 다리 힘주며
아파도 보내야 하는 걸

피 끓는 애달픈 자리는
한파보다 더 춥고 괴로웠지
눈물 그렁이며 돌아서서
걸음 멈추고 하늘 바라보며
태산보다 높은 한숨 내쉬며
무너지는 마음 다 잡는다

변덕이 죽 끓는 야박한 인심
가슴에 대못을 박아대어도
한 마디 변명도 하지 못하고
피멍든 가슴만 달래고 있네
뭔 죄업이 그리 깊고 크기에
아픔과 시련을 주는가

* 조류 인플루엔자(Avian Influenza) : bird flu라고도 하며 닭, 오리 등의 가금류에서
                              생기는 바이러스성 질환. 병원성에 따라 고
                              병원성, 약병원성, 비병원성으로 구분

안거安居

마지막 잎사귀 바람에 날리면
함께 날아가 버리는 희망
한 조각의 기대감마저 사라지면
찾아오는 적막감과 무기력
눈망울 고운 다람쥐가 보내오는
늦가을의 고단함에 비명
메아리쳐 울리는 오후
구름을 잡고 가는 바람의 시간

깊은 잠에 빠져 버린 듯
따뜻함에 취하는 날이면
철부지 아이가 된다
모든 것에서 떨어져 홀로
지루함을 떨쳐 버리고
이어지는 공상도 끊어 버리고
자신조차도 잊고자 하는 시간
계곡물소리만 메아리 치고

4부

기다림

꽃은

혼자라도 어여쁘고 아름답지만
같이 하며 어울릴 때
서로 빛나고 더 아름답지

꽃이라 부르기 보다는
이름을 불러 주기를 바라지
이름 없는 꽃 어디에 있는가
꽃도 기쁨과 슬픔을 알기에
이름 있는 날들을 노래한다

꽃들도
예쁨을 질투할까
크기에 우쭐댈까
향기를 시샘할까
색깔을 뽐낼까
꽃들은

곶감

첫 서리 찾아온 가지마다
단장한 뽀얀 얼굴들
저마다 자랑이 한창이다
곧 까치밥만 남기고
새 보금자리로 떠나야 한다

몸 안에 숨겨 놓았던 비밀들
모두 몸 밖으로 털어내는
긴 인내의 시간은 기대감
긴 고난의 시간은 외로움
시작되는 자리에 서게 된다

회자된 전설의 주인공이기에
환골탈태하는 기념비적인 일도
한 호흡의 환호에 묻히고
반기는 한 소리에 놓아버린
긴 세월의 넋두리

방울토마토

뻐근함 풀어 보려고
몸 풀기 시작하는 아침
기다림도 하나의 기쁨
기대감도 하나의 기쁨
찾아 올 예쁜 손님 그리며

눈부신 햇살에 화답하는
싱그러운 웃음에 취하여
지난 일들은 모두 잊고
빨갛게 익어가는 순정이
손짓해 부르고 있다

꿈속을 헤매다 눈 뜬
어둠 깔린 새벽이 소란하다
밤새 이야기 끝나지 않았는가
가슴에 담았던 사연들
그리도 많았는가

정답게 마주보며 속삭이는
입에 달고 사는 칭찬
무르익는 몸주체 못하여
몸부림 쳐도 몸부림 쳐도
하루가 짧기만 하다

얼음썰매 지치기

혼자라도 좋지만
많을수록 더 신이 나고
추울수록 더 좋고 좋아
추위를 잊게 만들지

바쁘면 바쁜 대로
기쁘건 슬프건 가리지 않지
언제 어느 때라도 좋고
그 누구라도 할 수 있기에

무인승차는 꿈도 꾸지 마라
한 시간째 직진해도 좋고
온갖 묘기행진을 벌려도 좋다
가슴 벅차기는 마찬가지이기에

마법에 걸리는 시간이요
동심의 세계로 여행가니
모든 근심 걱정 날아가 버리고
마음 포근해 지는 선물을 얻지

회상

수많은 이성理性과 감성의 흐름 속을
조각배처럼 흐르고 흐르다
닿은 강변에서 시작하지
태어나면서 시작되는 여행
너와 나란 외로움들이 만나
우리가 되어 살아가는 세상
우정도 쌓고 사랑도 알게 되지

살아온 세월만큼 저축된
그 많은 사연들이 융화되면
밤하늘별과 같이 빛나고
그림자조차 사라지고 나면
그 자리를 메우는 또 다른 인연
되풀이 되는 만남과 헤어짐
추억 하나 그리움 하나 남기며

소풍

그 많고 많은 별 중에
초록별로 왔구나
이름 하나 얻고
옷 한 벌 입는 호사

꽃길만 걸을 줄 알았는데
진흙탕 길만 걷게 되고
고속도로만 달릴 줄 알았는데
비포장 시골길만 달리고 있네
꿈은 꿈일 뿐인가

기다림

장밋빛 길이건 진탕길이건
어둡고 비바람 치건 맑고 밝건
기다리지 않아도 찾아오는
사계절과 철새들
소리 없지만 반갑지

하루가 다르게 변화하는
성숙한 계절의 눈부심
그리움이 살아 숨 쉬는 자리
작은 정 심어 놓고
돌아서서 길게 심호흡하지

갈 길 바빠도 잠시 쉬어 가게나
생각 많더라도 잠시 멈춰 보게나
바람이 불면 바람 속으로
비가 내리면 그 빗속으로
망설이지 말고 오게나

붉은 가슴을 지닌 사람아
푸른 눈을 지닌 사람아
파란 꿈을 가진 사람아
밝은 미소를 짓는 사람아

바람風

존재조차 부정당하기 빈번해도
눈썹조차 까딱하지 않기
말 많아 탈이 나는 것보다야
말 없어 탈나지 않는 게 좋지
기분 따라 바뀌는 신세라지만
태생인 걸 어떻게 하겠는가

아집의 유혹 속에 묻히어
보지도 듣지도 못하는 것이 아니라
부정하고 거절하기 바쁠 뿐
언제가 되어야 바뀔까
제대로 평가를 받는 날이
사랑으로 다가서는 날이

불멸의 끈질김을 자랑하지만
가벼움에 수시로 잊어지고
함께 하여도 늘 아쉬워
손 내미는 시늉만 하지
멀어진 긴 그림자에게
어디 하루 이틀인가

팔달산의 봄 1

종종 거리며 잰 걸음으로 오르건
여유롭게 휘적휘적 오르건
늘 오르던 길이건만
날마다 다른 까닭을
이제는 알 것 같다

눈꽃 핀 소나무
얼굴 붉어진 잎사귀
땀내 물신 풍기는 염천炎天
진달래 개나리 피는 언덕이
오르고 내려가는 길목임을

솔바람 부는 언덕
햇살만 눈부시다

팔달산의 봄 2

늦잠자다 일어난 바람이
거칠게 휘젓는 자리
남몰래 몸서리치는 순정들
꿈 깨는 시간은 짧다

성벽 밑 홀로 핀 민들레 꽃
능선을 휘감는 분홍빛 스카프
허리를 두른 병아리 떼의 산책
눈송이 같이 낙하 하는 벚꽃 잎

팔달산의 봄은
콧바람으로 왔다가
머리카락 사이로 간다

팔달산의 봄 3

벌거숭이 몸으로 와서
색동옷을 입는다
성곽을 넘나드는 노래 소리
봄을 재촉하고 있다

상춘을 즐기는 발걸음
뒤쫓는 춘몽은 청춘
뒤늦은 허우적임은
경련 속에 마무리 된다

움직이는 신화의 날들
뽀얀 햇살이 잡고
기지개 신음이 높을수록
깊어지는 춘정

팔달산의 봄 4

안식의 즐거움 끝나는
조용함이 사라지는 날
굽은 등을 밟고 지나가는
순례자들의 힘찬 발걸음
괴로움 더해가는 시간 되었다

해방의 종소리 울리면
춘곤을 깨우는 새소리와 어울려
개화開花를 재촉하는 잔소리 높다
사르르 봄비 내리면
달콤한 휴식의 시간

초록빛 물드는 언덕에
맵 새들 놀다 가고
솔 향에 지는 해가
애잔하게 성벽을 비추면
꿈도 서럽게 진다

팔달산의 봄 5

따스한 별빛 아래
긴 숨소리 깊어지면
가슴을 열고 시작하는
사랑의 이야기는 짧다

허공에 매달은 꿈들이
하나 둘 빛을 발하면
조그만 입술로 나열하는
비밀의 숫자들이 점멸한다

작은 십자가도 있고
별 모양의 목걸이
알파벳과 자음 모음
저마다 다른 색으로 뽐낸다

쉬지 못하는 나날이
한번쯤은 서러워
눈물짓는 눈가에 매힌
작은 희망이 슬프다

팔달산의 봄 6

소쩍새도 오고 뻐꾸기도 오건만
그리운 님은 왜 오지 못하는가
쉰 목소리에 걸린 소망도
반 토막 되어 뒹구는 거리
옷 벗은 영혼들만 오고 간다
햇살 아래 들어난 풍경은
아직 살 에이는 한풍과 설국雪國

얼음 밑에서 꾸던 꿈들이
하나 둘 지워져 버리고
저린 팔 다리를 꼼지락 거리며
서럽기만 한 긴 시간
먹먹한 가슴에 찍힌
미련이 서러워 우니
코끝을 간질이는 온기

메아리

그대의 거울

그리움의 고향

가슴 저미는 아픔

더위

설익은 고향의 냄새
그리워 그리워 그리워
몸부림치는 치기稚氣

낙조落照

마음의 멍울도
상처 난 영혼도
녹여 버리는 마술사

산책길

잠깨는 숲의 기지개
산새들의 울음에 묻히고
조심스런 발걸음만
심장의 박자에 맞추고 있다
스멀스멀 엷은 안개 속에는
활기 넘치는 생명의 숨소리
졸음 깨우는 찬이슬

오늘 따라 생경스럽다 느껴짐은
밤새 꼬리를 문 악몽의 여운인가
장막 펄럭이면 설핏설핏
다시 떠올리기 싫은
번개처럼 다가서는 흉측한 군상群像
취한 듯 휘청거리는 걸음
외딴 고성孤城이 된 숲

사는 동안 우리는

사는 동안 우리는

원하든 원하지 않던
강요하든 강요하지 않던
짧건 길건 넓건 좁건
높건 낮건 험하건 험하지 않건
얼마나 많은 계단을 오르고 내릴까

세월 따라 느끼는 감정은 다르고
계절 따라 바뀌는 드높은 관심도
하나, 둘 사라지는 삶의 의미도
미소 지을 때나 찡그릴 때도
마음 평안하게 쉬지 못하지

버리지 못하는 추억과 미련
예상치 못한 우연한 만남도
만날 기약조차 없는 이별도
하나가 아닌 그 이상일지라도
하루도 곁을 떠나지 않지

사는 동안 우리는

세월 속에

박광순 시집

발 행 처 · 도서출판 청어
발 행 인 · 이영철
영　　업 · 이동호
홍　　보 · 이용희
기　　획 · 천성래
편　　집 · 방세화
디 자 인 · 이해니 | 이수빈
제작이사 · 공병한
인　　쇄 · 두리터

등　　록 · 1999년 5월 3일
(제1999-000063호)

1판 1쇄 인쇄 · 2019년 7월　1일
1판 1쇄 발행 · 2019년 7월 10일

주소 · 서울특별시 서초구 남부순환로 364길 8-15 동일빌딩 2층
대표전화 · 02-586-0477
팩시밀리 · 0303-0942-0478

홈페이지 · www.chungeobook.com
E-mail · ppi20@hanmail.net
ISBN · 979-11-5860-668-8(03810)

이 도서의 국립중앙도서관 출판시도서목록(CIP)은 서지정보유통지원시스템 홈페이지
(http://seoji.nl.go.kr)와 국가자료공동목록시스템(http://www.nl.go.kr/kolisnet)
에서 이용하실 수 있습니다.(CIP제어번호: CIP2019024322)